LOISIRS

D'UN

COMÉDIEN

CHANSONS ET POÉSIES INÉDITES

DÉDIÉES AUX ARTISTES

ET

A mes camarades du Collége de Sainte-Barbe

PAR

G. DEVIEU

Je donne à l'oubli le passé,
Le présent à l'indifférence ;
Et pour vivre débarrassé,
L'avenir à la providence.

∞

DEUXIÈME ÉDITION

∞

PARIS.

TYPOGRAPHIE BEAULÉ ET Cie,

10, rue Jacques de Brosse.

—

1853

LOISIRS

D'UN

COMÉDIEN

A MES CHARMANTES LECTRICES.

Objet de nos plus doux penchans,
Sexe léger, sexe volage,
Né pour l'aurore de notre âge,
Comme les fleurs pour le printemps !
Vous qui payez nos sacrifices
Par un oui, par un tendre non,
Mais qui sauvez vos artifices
Avec cent moyens de pardon !...
Si vous agréez mon hommage,
Pour moi quel présage enchanteur !
Toute beauté qui lit l'ouvrage,
Promet un baiser à l'auteur.,,
A ce frivole badinage
Aimeriez-vous mieux des traités,
Ou d'une morale ennuyeuse.
Ou d'une physique menteuse,
Ou des pamphlets accrédités
D'erreurs anciennes et nouvelles.
Singeant si bien les vérités
Qu'on s'égorgea souvent pour elles !...
Bagatelles pour bagatelles
Dût la clause recommencer,
Autant vaut s'occuper de celles
Qui finissent par un baiser !...

Amour, guidé par tes leçons,
Je consacre mes jours aux belles,
Qui sont, ainsi que leurs pompons,
Nos plus charmantes bagatelles :
Sur l'océan des passions
Je veux, oublié de l'Envie,
Au contact des illusions,
Bercé de folie en folie,
Jusques dans les froides saisons,
Finir le songe de ma vie
Comme je finis mes chansons !

LA MORALE CHINOISE.

Air : *Amis, voici la riante semaine* (Béranger).

Hier au soir, et suivant ma coutume,
Pour griffonner du noir sur du papier,
Nonchalamment je saisissais ma plume,
Quand un magot sortit de l'encrier ;
Tout en riant il barbouilla ma page
Du haut en bas avec le bout des doigts ;
Je sais, dit-il, que ce n'est pas l'usage,
Mais c'est ainsi qu'on fait chez les Chinois.

Gais écrivains, je vous tiens en réserve
De quoi rimer de mordantes chansons ;
Je viens ici pour aider votre verve
Et vous donner de petites leçons.
Frondez l'abus par votre persifflage,
En y mêlant de l'esprit quelquefois !...
Je sais fort bien que ce n'est pas l'usage ;
Mais c'est ainsi qu'on fait chez les Chinois.

Riches, puissants, un conseil que j'apporte
Dans vos ennuis peut glisser du bonheur :
Ouvrez toujours quand on frappe à la porte :
Venez en aide au pauvre en sa douleur.
Qu'à votre table il prenne son potage,
Et qu'il se chauffe à votre même bois !
Je sais fort bien que ce n'est pas l'usage,
Mais c'est ainsi qu'on fait chez les Chinois.

Belles de nuit, grisettes et lorettes,
Vous qui passez votre temps au plaisir,
N'oubliez pas, malgré les amourettes,
Que l'âge mûr viendra pour vous saisir.
Fermez l'oreille au dangereux hommage
De ce galant fou de votre minois...
Je sais fort bien que ce n'est pas l'usage,
Mais c'est ainsi qu'on fait chez les Chinois.

Et vous, acteurs, qui brillez au théâtre
En vous flattant d'un encens éternel,
Dans votre jeu, soit terrible ou folâtre,
Tâchez de mettre un peu de naturel !
Pénétrez-vous de votre personnage,
Et répétez vos rôles plusieurs fois :
Je sais fort bien que ce n'est pas l'usage,
Mais c'est ainsi qu'on fait chez les Chinois.

LES CULBUTES.

PROVERBE MIS EN COUPLETS.

Air *du vaudeville du Charlatanisme.*

Lorsque je vois un intrigant
Dont la noblesse est un problème,

Insulter l'honnête artisan
Sorti de la classe que j'aime ;
Je lui jette, avec le mépris,
Ces mots précurseurs de sa chute :
Insensé, malgré tes habits,
Ton or, ta croix et tes rubis.
Au bout du fossé la culbute.   *(bis.)*

Mon coquin d'intendant Lenoir
Me conte des histoires bleues,
Et, pour augmenter son avoir,
A mes zéros il fait des queues ;
Un certain soir, je l'ai surpris
Avec mes zéros dans la lutte,
Il leur disait : « Pauvres petits,
  » Si par monsieur vous êtes pris...
  » Au bout du fossé la culbute. »

En vain jeune fille à seize ans
Veut garder la fleur printanière,
En vain elle fuit des amants
La troupe volage et légère :
Quand l'amour glisse dans son cœur,
Soudain il prépare sa chute ;
Adieu sagesse, adieu bonheur,
Il faut obéir au vainqueur...
Au bout du fossé la culbute...

La grande fille à Digodin
Etait veuve de son troisième,
Et prétendait que son... moulin
N'en verrait pas un quatrième ;
Le garde forestier du bois
La lorgne et prépare sa chute,
Bref, lecteur, au bout de neuf mois,

Elle criait comme autrefois...
Au bout du fossé la culbute.

Journalistes, grands batailleurs,
Rentiers, hommes de la finance,
Editeurs, romanciers, acteurs,
Faquins remplis de suffisance,
Avocats, dont le beau métier
Est de lutter quand on dispute...
Eh bien! Messieurs, au jour dernier,
Comme moi, joyeux chansonnier,
Au bout du fossé la culbute!

ÉPIGRAMME.

En descendant au noir séjour
Damas laisse un fauteuil vide à l'Académie;
Il y ronfla toute sa vie :
Allons, Messieurs, à qui le tour?

ROSE

OU LE GLAS DES MORTS.

**Histoire écrite par le Vicomte Villiers du Terrage,
sous la dictée d'un Curé de Campagne.**

Dernièrement, moi, j'étais en voyage,
Un soleil pâle éclairait le village
Où m'attendait le repos de la nuit.

Quelques instants voulant reprendre haleine,
Des alentours, caché sous un vieux chêne,
J'étudiais et la vue et le bruit.

Un son lugubre au loin s'est fait entendre.
Le glas des morts sonne; je vois descendre
A pas comptés, sur les flancs du coteau,
De paysans une troupe nombreuse,
Tantôt chantant, tantôt silencieuse,
Acheminant l'un des siens au tombeau.

Soudain j'entends cesser les chants funèbres;
Bientôt chacun, à l'ombre des ténèbres,
S'éloigne et va regagner son foyer,
Quand, m'approchant de la muette enceinte,
Je vois un prêtre à la voix douce et sainte
Près d'une croix rester seul et prier.

Je m'attendris, car jamais ma pensée,
Naïve encor, ne s'est pas exercée
A réprimer ce mouvement soudain.
Timidement j'arrête à son passage
L'homme de Dieu, lorsque vers le village
Il remontait, et, lui baisant la main :

—« Quel malheureux, excusez-moi, mon père,
Lui demandai-je, a de votre prière
Aussi longtemps mérité le bienfait?
Seul avec vous je veux aussi le plaindre;
Je veux prier... parlez, parlez sans craindre
De me trouver indigne d'un secret. »

— « Jeune homme, dit le vieillard vénérable,
Je t'aime ainsi, vif, ardent, incapable,
Quand un devoir public est accompli,

D'aller avec cette insensible foule
Qui sur mes pas se rassemble et s'écoule,
Boire à la hâte au fleuve de l'oubli.

Ecoute donc, mon fils ; je vais t'apprendre
Tout le danger que court un cœur trop tendre,
S'il s'abandonne au besoin d'être aimé,
Quelque bonheur que sur notre jeunesse,
Notre avenir, la beauté, la richesse
A pleines mains semblent avoir semé.

Rose était née en cet humble village.
Belle, sensible, aimable, douce et sage,
Enfant unique, orgueil de tous les siens ;
Rose à ces dons ajoutait l'avantage
D'attendre un jour le plus riche héritage
De ce qu'aux champs on peut avoir de biens.

Mais à seize ans, dans son inquiétude,
Rose, déjà cherchant la solitude,
Sur l'avenir jette un œil douloureux,
Et tous les jours se dit avec tristesse
Que la beauté, que l'or, que la jeunesse,
Ne sont pas tout encor pour être heureux.

Rose, rêveuse, a comparé son âme
Au rayon pur dont la divine flamme
Dans son miroir frappe et revole aux cieux.
Mon cœur, s'est dit Rose, sans le comprendre,
Mon cœur aussi saurait peut-être rendre
Tout le bonheur qui le rendrait heureux.

Rose n'aura rêvé qu'un doux mensonge.
Cinq ou six mois encore il se prolonge,
Quand l'intérêt, ce tyran des humains,

Au gré du choix d'une avare famille,
Au poids de l'or a de la jeune fille,
Et pour jamais, arrêté les destins.

Rose, craintive ainsi que l'innocence,
A cette loi succombe sans défense ;
Rose est, dit-on, la colombe de paix :
Son union, convenable, opportune,
En confondant leurs droits et leur fortune
De ses parents finit le long procès.

De ce traité, dicté par l'avarice,
Son faible cœur eût-il été complice,
Rose bientôt eût maudit son erreur.
Que deviendra cette triste victime,
Lorsque, traînée au bord du noir abîme,
Elle en aura sondé la profondeur ?...

Rose est échue aux mains d'un vieux notaire,
D'un campagnard, rustique homme d'affaire,
Ne voyant rien qu'un contrat, qu'une dot,
Dans l'embarras de choisir une femme,
Chagrin, grossier, du langage de l'âme
N'ayant jamais compris le premier mot.

Un mois suffit pour glacer d'épouvante
Rose, trompée en sa plus chère attente.
Rose s'éteint, m'appelle et va périr.
Rose, en fuyant devant sa destinée,
Tombe, et son cœur, vierge de l'hyménée,
Ici du moins a cessé de souffrir. »

Le prêtre avait parlé. Nous entrons au village :
De quelle barbarie il nous offre l'image !
Du champ des morts où vient-on de passer ?

Comme en un jour de fête, une auberge est remplie,
La famille de Rose est à table... et la vie
Sur un cercueil semblait recommencer.

LA COQUETTE

ET LA SENSITIVE.

Sur le marché des fleurs,
Voyez cette coquette
Rêver, l'âme inquiète,
A cent mille couleurs.

Qui sait, lasse de tout,
Ce qu'elle veut encore...
Puisqu'elle-même ignore
Son caprice et son goût?

Rien, parmi tant de fleurs,
N'a pu la satisfaire ;
Tout semble lui déplaire,
Lui donner des vapeurs.

La rose la pâlit ;
L'œillet, la quarantaine
Lui donnent la migraine ;
Le jasmin la jaunit.

Succombant sous le poids
De son insouciance,
Dans son indifférence,
N'ayant pu faire un choix.

Bref, elle allait partir...
Au souffle de sa robe,

Une fleur se dérobe,
Se ferme et semble fuir.

Faut-il vous la nommer ?
C'est une sensitive,
Pudique, humble, craintive,
Qui vient de la charmer.

L'attrait de la beauté
Pique, éveille, inquiète
L'âme d'une coquette,
Moins que la nouveauté.

Ainsi, livrant son cœur
À la seule surprise,
Soudain, elle est éprise
De la sensible fleur.

Mais, ainsi qu'un amant,
La mettant au supplice,
Lui fait de son caprice
Endurer le tourment,

Et, se faisant un jeu
D'un cruel badinage,
Eteint de son feuillage
Ou ravive le feu.

Tant que, lasse d'ouvrir
Ses bras à l'espérance,
A force de souffrance
La fleur vient à mourir.

* Tout le monde sait que la sensitive semble ou mourir
ou renaître, selon que l'on en approche le doigt ou que l'on
s'en éloigne. Mais on ne sait pas aussi généralement que
cette plante périt bientôt si cette épreuve, trop souvent ré-
pétée, lui fait ressentir une fatigue nerveuse, qu'elle semble partager avec l'espèce humaine.

Telle on voit se flétrir
L'âme douce et sensible
Qu'une atteinte pénible
Trop souvent fait souffrir.

LES MERVEILLES DE PARIS.

Chanson composée par un Provincial pour amu-
ser ou embêter ses voisins.

AIR : *Des Fraises.*

On vous a dit que Paris
    Etait le réceptacle
De cent vices réunis...
Moi, j'en reviens, et je dis :
    Miracle !   (*ter.*)

J'ai vu beaucoup d'intrigans,
    Une fois au pinacle,
Aux flatteurs, aux charlatans
Préférer des amis francs...
    Miracle !

Ce fashion, qui sur ses pas
    Ne vit jamais d'obstacle,
A rencontré des appas
Que son or ne séduit pas...
    Miracle !

Ce journaliste insolent,
    Qui se croit un oracle,
A, sans prendre de l'argent,
Rendu justice au talent...
    Miracle !

Ce docteur, par qui la mort
A fait mainte débâcle,
A traité dans son ressort
Un pauvre qui vit encor...
Miracle !

Un lévite qui porta
La flamme au tabernacle,
Publiant un *errata*,
A dit son *meâ culpâ*...
Miracle !

Tout bouffi de méchants airs
Que sur sa lyre il râcle,
Ce faquin, dans nos concerts,
A daigné chanter mes vers...
Miracle !

FANTAISIE

ADRESSÉE A LA LUNE.

> Es-tu l'œil du ciel borgne ?
> Quel chérubin cafard
> Nous lorgne
> Sous ton masque blafard ?
> (A. DE MUSSET.)

J'emprunte à Désiré Tricot
Quelques chatoyants hémistiches,
Et même des vers aussi riches
Qu'un californien lingot;
De sa lune, un vrai philosophe,
Lisez, relisez chaque strophe,
Et vous verrez de quelle étoffe
Il sait recouvrir chaque mot...

Par quel pouvoir occulte, ô soleil des chouettes,
Fais-tu hurler les chiens et rêver les poètes?...

> O lune, sépulcral flambeau
> Dont la pâle clarté pénètre
> Par les vitres de ma fenêtre
> Veuve de store et de rideau,
> Vêtue ainsi d'un blanc suaire,
> T'évades-tu d'un cimetière,
> Ame quêtant une prière
> Qui t'arrache au cuisant chaudeau?...

Par quel pouvoir occulte, ô soleil des chouettes,
Fais-tu hurler les chiens et rêver les poètes?...

> N'est-tu pas le type blafard
> D'un masque antique de théâtre,
> Qui, luisant d'un vernis jaunâtre,
> Nous jette un tragique regard?
> Jeune, ronde, vieille, échancrée,
> Es-tu profane, es-tu sacrée,
> Reine du nocturne empyrée,
> Clinquant rouillé par le brouillard?

Par quel pouvoir occulte, ô soleil des chouettes,
Fais-tu hurler les chiens et rêver les poètes?...

> Es-tu, je t'en plains entre nous,
> La triste et froide fiancée
> Qui rechigne, très-peu pressée
> D'entrer au lit d'un vieil époux;...
> Ou plutôt quelque tendre Alice
> Qui se couvre de la pelisse
> Que lui prête la nuit complice
> Pour un amoureux rendez-vous?...

Par quel pouvoir occulte, ô soleil des chouettes,
Fais-tu hurler les chiens et rêver les poètes?...

Es-tu le croissant glorieux,
Chaste auréole de Diane?...
Un réverbère diaphane
Que pour nous allument les cieux?...
Aux arbres, aux flots, quand tu jettes
Les rayons qui nacrent leurs têtes,
Danses-tu, semant de paillettes,
Un fandango mystérieux?...

Par quel pouvoir occulte, ô soleil des chouettes,
Fais-tu hurler les chiens et danser les poètes?...

    « Non, dis-tu, je ne suis, mon cher,
    » Lampe, ni revenant, ni masque,
    » Ni danseuse agile et fantasque,
    » Ni coureuse d'amants en l'air,
    » Ni femme d'un barbon morose. »
Alors, tu n'es pas autre chose
Que l'anglicane apothéose
D'un fromage blanc de Chester.

LES RAISINS SONT TROP VERTS

VAUDEVILLE MORAL DE JACQUELIN.

Air *de la Robe et des Bottes.*

— Je tiens le sceptre de la fable,
Nous dit ce modeste écrivain,
C'est moi qui suis l'inimitable
Contre lequel on lutte en vain;
Des bords fleuris de l'Hippocrène
Tous les sentiers me sont ouverts,
Et je me ris de Lafontaine. —
C'est que pour lui les raisins sont trop verts.

Lorsqu'il se rit de Lafontaine,
C'est que pour lui les raisins sont trop verts !

Irus, dans un état de gêne,
Et philosophe malgré lui,
Se moque, nouveau Diogène;
De tous nos riches d'aujourd'hui ;
—Je me crois, dans mon indigence,
Au-dessus de tout l'univers,
Et je dédaigne l'opulence.—
C'est que pour lui les raisins sont trop verts ,
Lorsqu'il dédaigne l'opulence,
C'est que pour lui les raisins sont trop verts !

De ce banquier plus d'une belle
A comblé les tendres désirs,
Mais plus sage, Rose est rebelle
A ses billets, à ses soupirs.
—Fi donc! fi donc! elle est trop bête,
Et je l'aimais! ah ! quel travers !
Je ne veux plus de sa conquête!—
C'est que pour lui les raisins sont trop verts ;
S'il ne veut pas de sa conquête,
C'est que pour lui les raisins sont trop verts !

—Simple commis d'un ministère,
Je ne suis pas, dit Griffonneau,
Ambitieux par caractère,
Et je m'en tiens à mon bureau ;
La grandeur me paraît sinistre;
Elle expose à mille revers ;
Je ne veux pas être ministre.—
C'est que pour lui les raisins sont trop verts ;
S'il ne veut pas être ministre,
C'est que pour lui les raisins sont trop verts !

—Que m'importe la renommée,
Nous dit ce proscrit des Neuf-Sœurs,
J'entrevois dans cette fumée
Plus de peines que de douceurs ;
Qu'un rustre au temple de Mémoire
Suspende et son nom et ses vers ;
Moi, je me moque de la gloire.—
C'est que pour lui les raisins sont trop verts ;
Lorsqu'il se moque de la gloire,
C'est que pour lui les raisins sont trop verts !

—L'été dernier, buveur insigne,
Combien ton âme a dû souffrir ?
La pluie a fait tort à la vigne,
Et le raisin n'a pù mûrir.
—Qu'importe! me répond Grégoire
En me regardant de travers ;
Je sais bien me passer de boire. —
C'est que pour lui les raisins sont trop verts;
Lorsqu'il sait se passer de boire,
C'est que pour lui les raisins sont trop verts !

UNE JEUNE FILLE

AU TOMBEAU DE SA MÈRE.

STANCES ÉLÉGIAQUES.

Compagne des tombeaux
Ombre verdoyante et sacrée;
Enceinte du repos
A nos souvenirs consacrée !
Témoins de mes douleurs,
Dans votre asile solitaire

Je viens offrir des pleurs
Aux restes d'une tendre mère...

Et vous, saules chéris,
Vous qui partagez ma tristesse,
  Sur sa tombe nourris,
Partagez aussi ma tendresse !
  De mes plaintifs accens,
Que votre lugubre feuillage,
  Dans ses bruits gémissans,
Imite le sombre langage.

  Sous ce gazon, en paix
Repose ta cendre glacée ;
  Sous ce bocage épais
Je crois voir ton ombre fixée...
  Vers toi, ma mère, en vain
Je viens tendre mes bras encore...
  Ton image, soudain,
Autant que l'ombre s'évapore...

  Trompeuse illusion
Tes douceurs sont d'heureux mensonges...
  Fais taire ma raison,
Elle détruit mes plus beaux songes...
  Dans les bras du sommeil
Me berce une tendre chimère...
  Hélas ! dès mon réveil,
Je sens... que je n'ai plus de mère !...

  O regrets superflus !
Seule ici, tu m'as délaissée...
  Tu ne me verras plus
A tes moindres vœux empressée...
  A mon ardent amour
Trop tôt je te vis enlevée ;

Trop tôt et sans retour
De tes soins je me sens privée !...

Tu fus tout mon espoir,
Tu fus l'appui de ma jeunesse,
Tu guidas mon devoir,
Protégeas seule ma faiblesse !
Hélas ! j'ai tout perdu
En perdant ma plus douce amie,
Et mon cœur éperdu
Gémit sous le poids de la vie !...

Ah ! pour moi, désormais,
Le monde n'aura plus de charmes...
Perdant ce que j'aimais,
Il ne me reste que des larmes !...
Si l'âme, dans les cieux,
O ma mère ! aux mortels te lie,
Vers moi tourne les yeux...
Protége ta fille chérie !...

LA VOLIÈRE.

FABLE.

Laissons dire Platon, disserter Epicure,
        Et le collégien
S'étendre en beaux discours sur l'essence du bien.
Il n'en est qu'un réel que nous fit la nature :
La liberté ; sans elle ici-bas tout n'est rien.
L'homme enchaîné gémit ; l'homme gêné murmure ;
Tous les goûts, tous les vœux pour elle sont égaux ;
Lecteur, pour en avoir la preuve la plus sûre,
Consultons sur ce point l'instinct des animaux.

Des oiseaux, différents de goûts, de caractère,
Habitaient en commun une large volière :
L'un aimait le repos, l'autre le mouvement ;
L'un de ses sons plaintifs attristait le village,
L'autre en faisait la joie avec l'amusement
    Par les doux sons de son ramage.
Si l'un chantait le jour, l'autre chantait la nuit ;
C'était à qui d'eux tous, dans ce rare assemblage,
    Ferait plus de tapage,
Et pourrait mieux troubler son voisin par le bruit.
    Tous même, en fait de nourriture,
Différaient encor plus ; l'un s'abecquait de grain,
L'autre de vermisseaux voulait chère qui dure ;
Jamais deux, comme on dit, n'allaient un même train,
Un point seul réunit le discordant ménage.
Un jour, on oublia de leur fermer la cage :
    Chacun d'eux alors de concert
Saisissant à son gré l'occasion offerte,
    Enfile la porte entr'ouverte,
Et, libre désormais, fend les plaines de l'air.

Quiconque lit ces vers dit à part soi, je gage,
De ces petits oiseaux j'aime le doux langage.

COUPLET

SUR UN PREMIER TÉNOR DE PROVINCE.

AIR *du vaudeville de la Famille de l'Apothicaire.*

Lorsque j'entends ce grand ténor,
Je dis grand, parce qu'il possède
La taille d'un tambour-major...
Et même je crois qu'il l'excède...

Il faut le voir se démener,
Sur tous les *ut* comme il s'étale;
Bref, comme il sait bien entraîner
Les spectateurs hors... de la salle!

LE CAFÉ.

Il est une liqueur, au poète bien chère,
Qui manquait à Virgile et qu'adorait Voltaire
C'est toi, divin café, dont l'aimable liqueur
Sans altérer la tête épanouit le cœur :
Aussi, quand le palais est émoussé par l'âge,
Le vieillard avec joie aspire ton breuvage.
Viens donc, divin nectar, viens donc, inspire-moi,
Je ne veux qu'un désert, mon Antigone et toi.
A peine j'ai senti ta vapeur odorante,
Soudain de ton climat la chaleur pénétrante,
Réveille tous mes sens ; sans trouble, sans chaos,
Mes pensers plus nombreux accourent à grands flots.
Mon idée était triste, aride, dépouillée ;
Elle rit, elle sort richement habillée,
Et je crois, du génie éprouvant le réveil,
Boire dans chaque goutte un rayon du soleil.

ÉPITAPHE

POUR METTRE SUR LA TOMBE DES POÈTES
passés, présents et futurs.

Mortels, sous cet abri, je ne suis plus des vôtres ;
Fortune, espoir, amour, vous en tromperez d'autres.

LE CHIEN DU CHANSONNIER.

AIR *du vaudeville de la Robe et des Bottes.*

Chantre de France au burin prophétique,
O Béranger ! de Dieu l'enfant gâté,
Du haut sommet de ton char pindarique,
Donne à ma verve et force et vérité...
Puisque je suis maintenant ton exemple,
Puisque je fais l'état de coupletier,
En quelques vers je vais bâtir un temple
  Au chien du joyeux chansonnier.

  Des bons amis, francs égoïstes,
  Des coquettes, des vaniteux,
  Des faux dévots aux regards tristes,
Et des bavards parfois très-ennuyeux...
Quand tu les vois, pour chasser leur nature,
Vite, Médor, ferme ! il faut aboyer;
Car ces gens-là redoutent la morsure
  Du chien du joyeux chansonnier.

  Malgré sa mine gentillette,
Narguant l'amour, il vit comme un Caton,
Je sais pourtant qu'une riche levrette
Voudrait porter son joli petit nom...
En acceptant cette grande alliance,
Tu me fuirais, car je suis roturier...
Garde plutôt ta noble indépendance,
  Et sois fidèle au joyeux chansonnier.

Dernièrement un citadin fort riche
  Me dit : —Voulez-vous cent écus?...
— Pourquoi, Monsieur? — Pour ce charmant caniche
Dont je connais d'avance les vertus. —

J'ai refusé de bien plus fortes sommes,
En répétant toujours sans balbutier :
Avec de l'or on achète des hommes,
Mais pas le chien d'un joyeux chansonnier.

Quand la mort, de sa main livide,
Viendra me toucher pour partir,
Je prîrai Dieu... puis, d'une âme candide,
Dans le repos j'irai m'ensevelir...
Ah! pour payer mes soins avec usure,
Du corbillard, qui sera le premier?..
Triste et pensif, derrière la voiture,
Le chien du joyeux chansonnier. .

CONSEIL UTILE.

AIR *de Partie et Revanche.*

Pour parvenir sur cette terre,
Il faut toujours être bien mis ;
Aux regards du public vulgaire
Rien n'éblouit comme les beaux habits!... (*bis*).
Mais si vous n'avez pour richesse
Que la misère, hélas !... cachez-vous bien ;
Car l'homme est bon et s'intéresse
A ceux qui n'ont besoin de rien.

ÉPIGRAMME.

Du dernier volume d'Armand,
Ces jours passés, j'ai pris lecture,
En lui je n'ai vu de charmant
Rien, sinon que la couverture.

www.ingramcontent.com/pod-product-compliance
Lightning Source LLC
Chambersburg PA
CBHW061743180626
46818CB00006B/2730